Sular Kra ve Canavar

Mamy Wata and the monster

written and illustrated
by Véronique Tadjo

Turkish translation
by Dr Fatih Erdoğan

MILET

Çok, çok uzun zaman önce
yerdeki ve gökteki
bütün suların kraliçesi Wata Ana
kendi halinde mutlu mutlu yaşardı.
Bütün gününü denizlere dalarak,
çağlayanların altında yıkanarak,
ırmaklarda yüzerek geçirirdi.

A long time ago,
a very long time ago,
Mamy Wata, the queen of all waters,
lived alone in her kingdom.
She spent her days
diving in the sea,
playing in the waterfalls
and swimming in the rivers.

Wata Ana çok iyi kalpliydi.
Hayvanların ona ait olan suları içmelerine,
insanların her istedikleri yerde balık tutmalarına
hiçbir şey demezdi.

Mamy Wata
was very generous.
She let animals drink
her water and
men could also fish
wherever they wanted to.

Bir gün büyük balıklarla dolu bir ırmakta
huzurla yüzerken,
birisi gelip ırmağın kıyısına dikildi.
Anlattıkları dehşet vericiydi.
Yakın köylere dadanan bir canavar
herkesi korkutuyordu.

But one day, as Mamy Wata
was swimming peacefully
in a river with many big fish,
somebody came to warn her
that just a few miles away,
a horrible monster
was terrorising the people
of the surrounding villages.

Suda yaşıyordu bu canavar
ve et yemeyi seviyordu.
İğrenç bir yüzü,
alnının ortasında tek bir gözü vardı.
Birkaç sıra halinde dizilmiş dişleri ise sipsivriydi.
Sessizce bekliyor ve ırmağa yaklaşan
her kim olursa olsun acımadan saldırıyordu.

The monster lived in water
and was carnivorous.
He had a hideous face,
an eye in the middle of his forehead
and several rows of very sharp teeth.
He would lie in wait
and leap on anyone
who came close to the river.

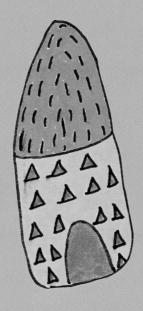

Şu ana kadar ağlarını toplayan iki balıkçıyı,
su doldurmaya gelen üç kadını
ve yüzmeye gelen çok sayıda çocuğu yutmuştu.

Zavallı köylüler çok çaresizdi.

He had already swallowed
two fishermen
who were casting their nets,
three young women
who came to fill their pots
and lots of children
who wanted to swim.

The villagers were desperate.

Wata Ana bir şeyler yapması gerektiğine karar verdi.

Ona canavarın gecelediği mağarayı gösterdiler.
Hemen içeri girip bir kuytuya gizlendi.
Canavarın içeri gelişini bulunduğu yerden gördü.

Mamy Wata
decided to go and see
what she could do about it.

She was shown the cave
where the monster
went to bed at night.
She slipped in
and hid in a corner.
When the monster
came in,
she watched him.

Canavar hemen uyumadı.
Uzun uzun inledi,
soluk alıp verirken tuhaf sesler çıkardı.
Sonra birden bütün gövdesi sarsıldı
ve hıçkıra hıçkıra ağlamaya başladı.
Bir süre sonra sakinleşti
ve uykuya daldı.

The monster could not
fall asleep easily.
He moaned a lot
and made all sorts of noises
while breathing.
Then his body
shook all over.
He burst into tears.
But after a while, he calmed down
and fell into a deep sleep.

Canavarın gözyaşları Wata Ana'yı çok etkiledi.
İçi acıma duygusuyla doldu.
Sabah olunca usulca ona yaklaştı.
Tatlı sözler söyleyerek onu okşadı.
Canavar gülümseyerek uyandı.
Wata Ana'ya başından geçenleri anlattı.
Aslında bir insan olduğunu,
ama kızlarından biriyle evlenmeyi
kabul etmediği için bir cadının onu
canavara dönüştürdüğünü söyledi.

The monster's tears
touched Mamy Wata's heart.
She was filled with pity.
When morning came,
she quietly drew close to him.
She stroked him gently,
whispering kind words.
He woke up smiling
and told her of his misfortune.
He was in fact a young man
who had been turned into a monster
by a wicked witch
because he had refused to marry
one of her daughters.

Wata Ana onun çok kederli olduğunun farkındaydı.
Ona yardım etmek istedi.
Oyunlar uydurdu.
Şarkı söylemeyi ve dans etmeyi öğretti.

Canavar bir arkadaş bulduğu için öyle mutlu oldu ki,
gülmekten kendinden geçti.

Mamy Wata realised
the monster was
very sad.
She decided to
make him happy again.
She invented new games for him.
She taught him how to sing.
She taught him how to dance.

The monster was so delighted
to have a friend
that he burst out laughing.

Birden tuhaf bir şey oldu.
Canavar değişmeye başladı.
Gülmesi sürerken yüzünün, bedeninin biçimi değişti,
genç bir adama dönüştü.

Aynı anda iki balıkçı, üç kadın
ve çok sayıda çocuk ortaya çıkıp
güle oynaya evlerine koştular.

All of a sudden,
while he was still laughing,
Mamy Wata saw
he had changed completely.
He had become the young man
he was before!

At the same time,
the two fishermen,
the three young women,
and all the children
he had swallowed up
reappeared and went back home
safe and sound.

Genç adam sonsuza dek Wata Ana ile yaşamayı diledi.
Birlikte bir şenlik düzenlediler.
Herkes bu şenliğe davetliydi.
Köylüler yine eski neşelerine kavuşmuştu.
Kulübeler süslendi ve ırmağın üzerinde
birbirinden güzel tekneler süzülmeye başladı.

The young man wanted
to live with Mamy Wata forever.
Together, they held a big party
to which all the people
of the water were invited.
In the villages,
everybody rejoiced.
The huts were decorated
and beautiful boats
danced down the river.

Other Véronique Tadjo titles by Milet:

The lucky grain of corn
Grandma Nana

Milet Publishing Ltd
PO Box 9916
London W14 0GS
England
Email: orders@milet.com
Website: www.milet.com

Mamy Wata and the monster / English – Turkish

First published in Great Britain by Milet Publishing Ltd in 2000
© Véronique Tadjo 2000
© Milet Publishing Ltd for English – Turkish 2000

ISBN 1 84059 271 0

We would like to thank Nouvelles Editions Ivoiriennes for the kind permission
to publish this dual language edition.

Véronique Tadjo has asserted her moral right to be identified as the author of this work, in accordance with
the Copyright, Design and Patents Act 1988.

Designed by Catherine Tidnam and Mariette Jackson
Printed and bound in Belgium by Proost